KB270107

여기는
정글

어린 소녀들의 끊임없는 질문에
무한한 인내심으로 대답해준 엄마, 아빠에게
로라 놀스

항상 끝없는 사랑과 지원을 해준 부모님과 누이,
그리고 독일식 아침식사와 포옹으로 나를 지지해준 베르나에게
제임스 보스트

제임스 보스트는 일러스트레이터이자 애니메이터입니다. 독특하고 장난기 많은 스타일로, 가디언,
뉴욕 타임즈, 그리고 모노클 잡지를 포함해 다양한 매체들과 함께 많은 작업을 하였습니다. 예술 작품 활동을
하지 않을 때에는 독서와 세계 여행, 그리고 새로운 음식에 대한 남다른 열정에 빠져들곤 한답니다.

로라 놀스는 어린이 책 출판 일을 하고 있으며, 〈작은 씨앗이 자라면〉, 〈자연과 친해지는 법을 찾아서〉 등의
저자입니다. 자연, 언어, 예술을 무척 사랑하며, 동물과 자연에 관한 그림책을 쓰고 있답니다. 여러 권의
책이 11개 언어로 번역되었으며, 2017년 어린이 논픽션 부문 마가렛 말렛 상을 수상한 작가입니다.

공준서는 영국 런던에서 영화를 전공하고, 런던정치경제대학(LSE) 문화사회학 석사학위를 받았습니다.
문화와 예술, 어린이 그림책에 관심을 갖고 있으며 현재는 디지털 콘텐츠산업 분야에서 일하고 있습니다.
좋은 이야기는 따뜻한 사회를 만든다는 믿음으로 그림책 번역을 시작하였으며, 그림책 세계를 보다
생생하게 체험할 수 있는 콘텐츠 개발을 고심하고 있습니다.

여기는 정글

처음 펴낸 날 2024년 3월 30일

글 로라 놀스 **그림** 제임스 보스트 **옮긴이** 공준서
펴낸이 공제욱 **기획** 이가은 **편집** 강이수 **디자인** 신지아
펴낸곳 달과로켓 **출판등록** 2022년 7월 21일(제2022-000020호)
주소 26339 강원도 원주시 상지대길 83(우산동) 상지대학교 산학협력단 다산관 211호
팩스 070-4758-0865 **전자우편** kongjaew@naver.com

ONCE UPON A JUNGLE Text by Laura Knowles, Illustrations by James Boast
First published in UK in 2017 by words & pictures, part of The Quarto Group
Copyright © 2017 Quarto Publishing Plc
All rights reserved.
Korean edition copyright © 2024 Moon & Rocket Publishing Co.

This Korean edition is published by arrangement with The Quarto Group through Shinwon Agency Co., Seoul.

ISBN 979-11-983256-1-7
Printed in Korea

여기는 정글

로라 놀스 글 제임스 보스트 그림

공준서 옮김

달과 로켓

오래전부터
정글은
살아 있었어….

바로 그 정글에서

개미들이
줄지어 가고 있었지.

바로 그 개미들은
사마귀의
먹이가 되었고,

바로 그 사마귀들은

도마뱀의 간식이 되었어.

바로 그 도마뱀을

원숭이가
노리고 있었지.

바로 그 원숭이에게

표범이 덤벼들었어.

시간이 흘러

표범은 늙어 쓰러졌고,

바로 그 표범 위로

곤충들이
기어다니고
있었지.

바로 그 곤충들 아래에서

땅은 더욱 비옥해지고,

바로 그 땅에서
온갖 씨앗들이
자라나게 되었지.

오래전부터
정글은 살아있었어.

그때
정글에서는
이 모든
생명들이

살아 움직이고
있었던거야!

3. 소비자

동물은 '소비자'입니다. 태양과 흙에서 에너지를
얻는 대신에, 다른 식물이나 동물을 먹어서
에너지를 얻지요. 식물만 먹는 동물들이 있고,
식물과 동물을 모두 먹는 것들도 있으며, 다른
동물만 먹는 것들도 있답니다.

4. 분해자

"분해자"는 죽은 동물들과 식물들을
먹는 곤충, 미생물 그리고 균류입니다.
이 분해자들은 그것들을 점점 더 작은
조각으로 부수어 한때 살아 있던 것들의
영양분이 흙 속으로 섞이도록 합니다.

다시 책을 살펴보세요.
누가 생산자, 소비자 그리고
분해자인지 알아볼 수 있나요?
즐겁게 찾아봅시다!

살아 숨쉬는 세계

정글과 열대우림은 아주 작은 벌레부터 크고
멋진 표범까지 수많은 생명들에게 보금자리를 제공합니다.
또 우리가 숨쉬는 데 필요한 산소를 만들고,
건강을 지키는데 필요한 약재들,
그리고 우리가 좋아하는 먹을 것들이 자라나게 합니다.

정글이 살아있다고 생각하지 않을 수도 있겠지만,
정글은 자신의 방식대로 살아있답니다.
정글에 있는 많은 식물과 동물은
하나의 작은 생명체일 뿐이지만,
이들은 모두 주변의 많은 다른 생명체들에 의존하고
있답니다. 우리는 이것을 "생태계"라고 부릅니다.
우리 지구의 정글과 열대우림이 살아남으려면
이 생태계 전부를 보호해야 합니다.

먹이 사슬 이야기

모든 생명체는 성장하고 생존하기 위해 음식이 필요합니다.
에너지와 영양분은 한 생물에서 다른 생물로 계속해서
돌고 돌며, 순환하고 있습니다.

이 에너지의 여정을 "먹이 사슬"이라고 합니다.
실제로 많은 다양한 먹이 사슬들이 있고, 모두 연결되어
"먹이 그물"을 이루고 있답니다.
이 책의 정글에서처럼 다른 장소와 생태계를 유지하고
있는 각각의 먹이 그물들이 있지요.
정글은 이러한 끝없는 에너지 순환 없이는
살아가거나 성장할 수 없습니다.

1.
햇빛
태양은 열과 빛에너지를
발산합니다.

2.
생산자
식물은 스스로 양분을 만들기 때문에
"생산자"라고 불립니다. 식물은 태양 에너지와
흙 속의 물과 영양분을 얻어서 살아갑니다.
그리고 공기 중의 이산화탄소를 흡입하고
산소를 내보낸답니다.

5.
흙 속의 영양분은 식물이 자라도록 하여
먹이 사슬을 유지해 갑니다.
분해자라는 말은 좋게 들리지 않을 수도 있지만
다른 모든 식물과 동물만큼 생태계에서
중요한 역할을 합니다.
그것들은 삶의 자연스러운 부분이며,
그것들이 없다면 우리가 살아 갈 수 없답니다.